JN096990

歌集
鷲のごと翼をはりて

山下れいこ

青磁社

序

永田　和宏

「塔」には全国に多くの会員がいるが、「あそこには……」と考えて、すぐに誰かの顔が思い浮かぶのはうれしいことである。四国、松山と言えば、私にはまず山下れいこさんであった。

山下さんは決してしゃしゃり出るというタイプの女性ではなかったが、そして体格もどちらかと言えば華奢であり目立つという風でもなかったが、彼女がその場にいると、どこかそこにまぎれもないくっきりとした存在感が感じられる、そんな女性でもあった。

言葉と表情のいずれもが、後ろにさがっていくのではなく、こちらにせり出してくるような弾みがあるのである。いきいきとしていて、歯切れがいい。いわゆる気風(きっぷ)のいい女性という印象を、初めて会ったときから持っていた。

長くその漠然とした印象が何に由来するのかわからなかったが、第一歌集『水たまりは夏』を読んで、なるほどと思ったことがある。保育園の先生、それも病院付属の看護師さんたちの子供を預かる保育園の、しかも園長を務めていたのだということ。

むずかしい立場である。普通の保育園とは異なり夜勤などを含めて一日稼働する場であり、しかも園長として他の保育士との間にも立たねばならない。園長と言えども管理職だけではあり得ず、園児たちとの接触の場では、職業を離れたやさしさが求められるわけである。山下れいこさんに感じた気風の良さ、あるいは容量の大きさは、そのような立場をこなしてきた人に自ずから培われたものであったのだろう。

集中「れいこさん」というフレーズが多く出て来る。人から呼びかけられる「れいこさん」であり、「れいこさーん」である。誰もが「れいこさーん」と呼びかけて頼りたくなるのであろう。そんな彼女は、人の話を親身にゆったりと耳を傾ける人でもある。二時間も聞いていたという歌も、集中に何首か見ることができる。

晩年に近く力を注いでいた朗読ボランティアも然りであろう。視覚障碍者のために、小説や歌集、また評論集などを一冊まるごと読んで、各施設に届ける活動に積極的に取り組んでいた筈だ。私の本も何冊か読んだと言ってこられたことがあった。

気風の良さは、自分を枉げず、言うべきことはしっかり言うということでもある。当然、周りとの摩擦も生じざるを得ない。ある種の喧嘩っ早さが時に顔をの

ぞかせ、たとえば

わたくしの今の気分が蒟蒻を千切つてちぎつて喧嘩売りをり
通したき女の一分ある夜は畳の目にそひカラ拭きをする
寒卵こつんと固く手に在りぬわたしはわたしに怒つてゐるのだ

など、おおいにニヤリとする。
しかし本歌集『鷲のごと翼をはりて』であらためて印象づけられたのは、そんな風に外に向かって〈元気を張っている〉山下さんにとって、歌は、唯一本音の言葉を紡ぎだし、それによって己を慰めることのできる場を提供していたのだということであった。
頼られるしんどさ、人の悩みや愚痴を聞く忍耐、筋を通すための精神の酷使、それらだれもが山下さんに無意識に求めてくるものに積極的に応えながら、彼女のなかにあるしんどさや、しんとした寂しさが詠われる歌の多さを改めて思った。いつも元気で快活な山下れいことという人を知っているゆえに、歌から伝わってくる寂しさは、しみじみと深い。
そんな元気な山下さんを突然襲った病魔。この病気と山下さんがどのように向きあったのか、それは百言を費やすより、歌集を読んでいただく以外ないだろうが、一首だけ挙げておきたい。

蔓薔薇の角ぐみたるをまづ言ひて夫に切り出す腫瘍のことを

夫も入院をし、妻の看護を得て退院はしたが、まだ病状は完全ではない。その夫を気遣いつつ、まずは蔓薔薇の話をして、というところに、山下れいこの聡明を見る思いがする。健気さと言ってもいいかもしれない。
彼女がいかにこの病魔の圧力に抗して、聡明に自分を律しつつ、いかにその死までの時間を詠みつづけたか。それは歌集に歴然とあらわれている。そしてそれはいかにも山下れいこの最期の仕事としてまことに立派なものだったと心から思うものだが、それにしてもこの癌という病魔はなんと惜しい歌人を、無情にも連れ去ってしまったのかと、思わざるを得ないのである。

そんな運命の無情を呪いつつ、しかし、山下れいこが最期に残したこの歌集一冊があれば、誰もが彼女を忘れることは無いだろうということに意を強くするのである。

鷲のごと翼をはりて＊目　次

序　永田和宏　1

没つ陽を入れ　15
茶のブーツ　17
いきまつしよい　20
れいこさーん　22
うつとりと咲く　24
Suicaのペンギン　26
姓の異なる墓　27
恋にはとほき　30
猫にときをり　33
米野々　35
牛みな黒し　36
言ひたきことは　38
あつ雨　40
猫のポーズ　42

あのひとの 45
石鎚颪 48
青ざめて咲く 49
土踏まず揉む 50
茄子色の紺 53
遠花火 54
陳列ケース 56
遺留分放棄 58
叔　母 60
未完の鎮魂歌 61
ねえさんと 63
わたくしのために 64
あをき月光 66
碁敵が 67
月までゆかず 70
サタンの尻尾 72

アイロンの舟 75
だまし船 76
弟 79
形見分け 80
樟の樹を抱く 82
空に余白の 83
秘密はどこにしまふのか 86
母を詠はぬ娘 89
聖書には 90
夫の焼くたまご 92
水の匂ひの 93
頬杖といふ杖 95
わけあり蜜柑 98
への字のかたち 100
秋の音符 104
冬薔薇 107

屋嶋城 108
口を噤める 110
ため息押し込んで 112
母のこと好きで嫌ひで 114
珈琲ミルのからまはり 116
東京にゐた頃 119
うやむやに 120
寒卵 123
美麗しかり 125
この世のシナリオ 129
はなびらまはる 130
塩バターパン 132
憎まず羨しまず 135
水底の記憶 136
舟いくつ 138
寂しいと 140

せんねん灸 142
頬杖をつく 145
本音には 147
押すな、春風 148
耳掻き一杯の 150
熱ある朝に 151
あなたの声の 153
手紙の続き 154
初夏をゆかむ 156

跋　真中朋久 159

あとがき 174

山下れいこ歌集

鷺のごと翼をはりて

没つ陽を入れ

もう咲きますよと声を残して男ゆく花盗人か枝をかざして

節分草咲けば明日から春ですと予報士は言ふ雨の夕暮れ

「あなたでしたか」夢に逢ひたる男(を)の声につきまとはれてひと日の暮れぬ

湯湯婆のぬるきを抱へ思ひゐる夜明けの夢に帰しし男

冬コスモスの花の揺るるを窓越しに鬱の人と見るは寂しき

縄跳びに没つ陽を入れ跳びつづけ影絵の少女は夕闇に消ゆ

春のスープをさらさらと飲む朝の卓、皿ヶ嶺の雪かがやきにけり

『レディ・ジョーカー』上巻読み終へ聞くニュース小沢一郎の秘書逮捕されたり

新渡戸稲造たづねる旅の運転手いっちゃんは神さまですと言ひたり

麦の芽の縞の模様(もんやう)あをあをと病み臥す舅と冬を越えたり

春月の海よりぼつてり昇りきぬキンクロハジロは頭に寝癖

十五輛の貨車走り過ぐ如月の線路脇にはすずめのゐんどう

茶のブーツ

伎芸天の御堂を出づる秋篠寺に寝ころびてみたき苔の濃淡

夕さりて琵琶湖に春のみづは満つをしどり一羽早早ねむる

いくたりの仏にまみえし茶のブーツ奈良を巡れり一万七千歩

ここはおいらの縄張りなるぞと鳴きたてる藪うぐひすに口笛あはす

トーストにとろりと蜂蜜たらしをり昨夜の夢にて空飛びし夫

口数の少なきひと日のまこと良し流るるやうに帯のほどけたり

観音を巡る湖北のをちこちを疏水のみづ音高く流るる

神学部の黒板に残れるヘブライ文字頭をもたげし蚯蚓のやうなり

月桂樹の幹にとどまる空蟬の飛ばない鳴かない恋などしない

絹のもの脱ぎて端居の縁側に風かすかあり麦焼く匂ひ

飯蛸をことりことりと煮詰めゆく菜種梅雨ふるなもしなもしと

いきまつしょい

春蟬のアリア遠くより聞こえくる父の逝きたる佐古の渓谷

朝の水ゆつくり喉を下りゆきわたしのからだは暗がり抜ける

「頑張つていきまつしょい」と頰たたく鏡を抜け出て朝が始まる

坂下る少年は舟　水無月の風に釣られてシャツ膨らませゆく

空と海あはきひといろなる立夏　少女の半袖腕あらはなり

さはさはと葉桜さやぎ六月のうぐひす語尾を省きて啼けり

シーツ干す空に戦闘機あらはれて引き連れて来し爆音おとす

金色の怒りを放て麦の穂よ戦闘機編隊は恣いままなり

れいこさーん

目の当り山あぢさゐの濡れてをり水無月の光に包丁を研ぐ

午睡より覚めがたくゐて切れ切れに包丁研ぎの声は過ぎたり

れいこさーんと呼ばれ振り向く舟はいま鼻栗瀬戸へと逆光を航く

終の棲家は月寒東一条と聞くあなたに詫びたき日も雪だつた

こころ病むきみの眠れる窓の下風が口笛ふく夜がある

友ひとり失ひしと知るむなしさに大人買ひするサンダーソニア

まだ生きてゆけさうである赦すとは忘れることとあなたが言ふから

もういいやと思ひて食ぶる擂大根（だいこ）たまげたやうに胃の動き初む

うつとりと咲く

川沿ひにうつとりと咲く合歓のはな体内時計狂ひはじめぬ

病む人の手よりふはりと渡さるる白桃指を広げてもらふ

何故ですか?詰問されて目が覚めぬ胸に置きたる両手の重さ

これ以上傷つかないため沈黙す刈られし十薬闇に匂ひぬ

紫木蓮の返り花咲くさまざまに声つかひわけわれは生きゐる

ジハードにあらねば敵意抱くべからず舌に転がす薄荷のど飴

夕焼けに飛び火しさうな曼珠沙華ぽきりぽきりと子が折りてゆく

たつぷりと溜まりて気分は豊かなり勝手に氷のできる冷蔵庫

Suica のペンギン

子を打ちし痛みの残る手のひらに豆腐切るたび角は増えゆく

ここからは譲れませぬと杉苔の雨に膨らむ朱の勅使橋

七十円残りしSuica のペンギンが手招きしてをり渋谷の空へ

カーテンを引くには惜しき望の月電話のむかうのあなたと見てをり

通したき女の一分ある夜は畳の目にそひカラ拭きをする

姓の異なる墓

不揃ひの林檎並べし軒先の店番の媼と猫のうたた寝

花のやうな沈黙保ちてゐし人の右肩あがりの退会届

二時間半受話器もちゐし右腕ゆ友の鬱のじわんと入り込む

暁(あかとき)に飲む秋水のひいやりと脱ぎゐしたましひ呼び戻すころ

隠しごと持たざるものは輝けり汽水の鷗胸ひらけ飛ぶ

海沿ひの遊園地跡に穂すすきのそよろそよろと錆びたる門扉

もういいよもういいよとほどけゆく天に雲あり地にわれはあり

激情の過ぎれば現身すかすかとこの世の辻に信号待ちをり

海のいろ夕焼けのそら群すずめホワイトボードの義父との会話

刃当つれば蜜入り林檎のパンと割れ独り相撲の喧嘩は終はる

石蕗のさはに咲きをり叔母たちの姓の異なる墓ならぶ寺

満天星のもみぢ葉父なし母もなきわが残り世のくれなゐとなれ

恋にはとほき

グラスの塩よけつつマルガリータ飲む恋にはとほき男ともだち

疑へばさうかもしれず釣り鰺を捌きたる手を酢水にひたす

わたくしの今の気分が蒟蒻を千切つてちぎつて喧嘩売りをり

金蔵寺のもみぢ一葉はさみ込み障子貼り終ふ聖降誕祭

大鍋に蝦蛄海老ざりざり炊き上げぬ四人家族となる歳晩を

歌の友の寂しき近況聞くあした余生は誰れも計り得ずして

食前の祈り短くをさなごはたまごスープをふはふはすくふ

冬の海をふと見たくなり左折する真つ赤な椿の咲く岬へと

寒卵茹でつつ昨夜のさびしさをくるりくるりと湯に沈めをり

やはらかきもの言ひ増えし娘と仰ぐ月の匂ひの臘梅の花

蜜柑剝く親しさにゐてとほき人冬の雨は真つ直ぐに降る

くれなゐの薔薇を囲めるカスミサウあはあはと零るるわれのそらごと

雪の夜の繁華街に啼き交はすカラスのこゑの濡れて落ちてくる

冬帽子目深にかぶり帰る夜の影にきのふのわたしを探す

生きて吐く貝の砂（いさご）を流しつつ忘れむとして思ふ一人（いちにん）

猫にときをり

ぬるき湯に浸かりて父の句集読む猫にときをり覗かれながら

歯並びのよき太刀魚やぴしぴしと光を銀に撥ね返すなり

頑なに否とこたへし寂しさに自然薯の皮ごつごつと剝く

残り世の夢はほどほど縄跳びの大波小波に入れぬままに

とり終へしコピー百枚抱へ出づ菫の色の風吹く街に

塊の雲浮く空より胴吹きの大島桜を一枝もらひぬ

玄関のドア開け放つ喪の家をおほひて余る春の夕焼け

艶やかな月のぼりきて春の夜のすんと伸びたる麦の穂照らす

米野々

葉桜のどこからもるる光の矢きつちり五音でうぐひすは鳴く

をちこちにあかり灯せる花うばら島の小径はみな海へ出る

間違つてゐたのはわたしと思ふ日はエニシダの花もしとどに濡れる

松山市の限界集落、米野々（こめのの）の民家の屋根に今日猿がゐる

きみへ書くただ一行に泥みをりやはきけものを膝に眠らせ

足裏の砂をくづして引く汐にのりて遠退く折り紙の舟

牛みな黒し

忘れたきいちにん思ひ出づる昼あぢさゐ〈墨田の花火〉を見つつ

月寒のあなたに文書く麦刈りの終はりし畑に小雨が降ると

浴槽を洗ひつつ歌ふ Ich liebe dich（御身を愛す） 主婦の仕事に終はりはあらず

遺書のやうな寂しき手紙とどきたり夕べの風に瑠璃やなぎ揺る

友はいまアルツハイマー病を病む浜にて語ればおぼろに通ふ

五月尽われのみが知る抜け道を帰れば牧場の牛みな黒し

かろき妬み混ぜてオムレツ焼く朝ひばりはもはや高く歌はず

茉莉花の花濃く匂ふ雨の夜を死に対ひゐる人を見舞ひぬ

病む人の掬ひし金魚のちひさきを教会の池にそろりと放つ

ニトロペン効く迄の間を空にこゑメメント・モリの語ふいに浮かべり

鶴姫の自刃の伝統哀しけれ水軍太鼓の海越えひびく

言ひたきことは

参院選近づく頃に夫は癒ゆ議員バッジに飼ひ慣らされて

ソクラテスの妻のごとくにまくしたて夫を責めれば猫のうつむく

義安寺の蛍の遺してゆきし闇言ひたきことは言はず帰り来

とろとろと行く乳母車よりのぞきゐる麦藁帽子のみどりのリボン

バイブルに雅歌あるやうな違和感にあなたとの距離まだ縮まらぬ

帰省子のありて湯に引く軆の身のうすくれなゐに夏は来向かふ

あつ雨

月光の窓辺に活くる吾亦紅謝りたくてと男は唄ふ

新仏の叔父の乗りたる精霊舟すこし傾ぎて肱川をゆく

一人旅もいいものだらうと水引は道祖神の頬に触れをり

仲直りせねばなるまい　かき氷一匙ごとに背筋の伸びる

別れ話切り出すやうな距離に坐す鳥取砂丘に青き海鳴る

帰省子の夜長を言ひぬニルギリの茶葉透きとほり秋深みゆく

叔父叔母のつぎつぎ逝きてふるさとは肱川の面より朝あけてゆく

大洲盆地に一人残れる叔父上の芋嵐と呼ぶ野分ふきたり

夫の乗る真つ赤なバイク Honda Today 刈田のむかうをゆつくりとゆく

あつ雨と難聴すすみし夫の言ふ雨のはじめの土の匂ひに

十月の太陽長く差してゐる地蔵尊の手にかまきり動かず

皿ヶ嶺に片虹立てりわが町は山よりあけて山より暮れゆく

猫のポーズ

へうへうと刈田を吹き来る風の中赤き自転車見失ひたり

何時からが残り世ならむ燭の火に影ふたつみつ仏間に揺らぐ

ひつじ雲吸ひ込まれゆく空の果て午前と午後の隙間の時間に

五線譜の線見え難く退き際と覚えて今朝のオルガンを弾く

シフォンケーキ焼き上がる間のストレッチ猫のポーズに日付をまたぐ

人多く集ひたれどもなほ寂し夜更けまた聞くマタイ受難曲

風邪に臥すわれに夫の炊きくるる粥にほろほろ飯の花咲く

大笊の切干大根の甘き香よ思ひ出すのは母よりも父

桔梗のつぼみの角のふくらみぬ寡黙な父ゐて家族は五人

大学のチャペルの鐘の響きくる捨つる捨てざると言葉選るとき

セーターに焚き火の匂ひ残りをり　うはさは常に事実にとほし

友はみな死んでしもうたと言ふ義父の着替へしパジャマ軽くしめりぬ

あのひとの

玉葱が飴色になるまで炒めつつ足拍子とりコンコーネさらふ

あやまたず生きてゆけさう忘れ花一輪咲けり薄墨桜

いく筋も潮の目の立つ瀬戸内海仔犬も乗せてぽんぽん舟ゆく

紋甲烏賊に鹿の子の照りを出しをればじりりりと悔し涙湧きくる

冬野菜たつぷりもらひてベジタリアン諍ひすくなきこの四、五日よ

皿ヶ嶺あふぎて長く息を吐く言ひたきことをみな言ふやうに

きつちりと小鉤止めたり引くことも足すこともなきとほき日の恋

眠れぬとは生きてゐること此れの世に誰れも座らぬ木の椅子がある

膝の上の猫とルカ伝読み終へて立春の夜をゆるゆると閉づ

立春の頃は鬼も泣きたからう始める前から終はらせる恋

春されば皿ヶ嶺に登らうとふ友との約束わが手に残る

窓といふ窓灯りゐる寒の夜あのひとのまだ居るやうな家

風よりも少し先へと雪は落ちわが身の裡に水は流るる

石鎚颪

きみからの電話を待つ気はもうなくて石鎚颪の吹く街に住む

桃の花抱へてバスを降りゆきし男の道の先は山墓

がんばるほどだめになりゆくものとして年年ちひさくなるヒアシンス

文机に零れしポピーの黒き種ああ目が痒いと夫たち上がる

日に五キロ歩けばこころ軽くしてこゝろにやさしさ戻りくるなり

青ざめて咲く

しあはせの逃げてゆきさう春昼をひらききつたり黄のチューリップ

あをぞらはなにやらこはいと言ふ人が耳を押さへて遍路道ゆく

まつ黒な若布を下げて浜をゆくぎゆるりぎゆるりと砂踏みしめて

オカリナを吹く少年を肩に乗す青ざめて咲く大島桜は

突き詰めて思はぬやうに暮しをり今朝は土筆の頭見つけぬ

風ほどけこころの迷ふ頃ほひを雀はほきほき枯枝わたる

土踏まず揉む

茹で卵つるりと剝けて目の覚めぬ夫の退院ひと月延びぬ

三椏の花を活けたる甕のみづ母在りし日の記憶を揺する

病む夫の土踏まず揉む傍らでつまらなさうに輸液は落つる

配膳車にあたたかきもの運ばれて夕べの病廊いつとき賑はふ

良妻のふりをするのはほどほどにをとこの愚知は聞き捨てておく

赦されて生きるといふはまぼろしか沈まぬやうに水馬すべる

あぢさゐに音なく雨は降り続く赦してゐるよとあなたは言ふも

きみと吾(あ)に速さのちがふときの在り二人静のただ深閑と

十キロの梅漬け終へし指先のはつか匂へり母はもう居ず

透明のビニール傘に面伏せて下りあやふき石の階(きだはし)

まあいいか、気持ち切り替へ風に向く確かにをりしわれの守護神

茄子色の紺

萌黄色の月が濡らせる遍路道あともう少し歩きませんか

頭のなかを砂時計の砂こぼれ落つ涙見せしは気の緩みなり

意思よわき男にほとほと疲れたりわれは死ぬまでこの嘘守る

身に慣れぬ長き時間に耐へてをりハートのピーナッツチョコをください

あなたにはだまされておから糠床をおこし沈める茄子色の紺

今更に調整不可能、憎しみはばさり払ひて傘を畳めり

遠花火

カラフルな合羽のお遍路この世から霧のむかうへつぎつぎと消ゆ

故郷への乗り換へ駅は浜の駅母の泣き顔一度だけ見き

ふるさとの川は素足でゆく深さむかしも今も泣かずに渡る

キッチンの闇にくるぶしまで沈め動けば猫がすりすりと来る

太山寺の裏より見ゆる八月の紺くつきりと瀬戸内の海

陳列ケース

あめんぼが水を圧へて守りをりここゆ結界こころして入れ

かくれ喪のわれを呼ぶ人ありにけむ土やはらかき墳丘をゆく

小雨降る大王の杜にケキョケキョと語尾きはやかに鶯は啼く

太陽の礼拝（らいはい）のかたちに手をのべて魂送りせる埴輪の巫女たち

此れの世の締め切り近くなりたるを肘まで濡らし桃食む男

籐椅子に深くゐし夫立ち上がり逝きてもどれるごとく息吸ふ

水鳥の埴輪の首は左向きたましひのせて今翔ばむとす

恨みなど忘れましたといふ顔のわたしを映す陳列ケース

流されてゐるのは雲か空なのかあなたのことばを裏返しゐる

肩先の雨をはらひてふり向きぬ先に言はれしじやあまた明日

水馬しづまぬやうに生まれけり迷ひは捨てて還りゆくべし

遠花火すつとひらきてすつと消ゆ細き女（め）のこゑうしろより来る

一瞬をためらひブランコ降りたるも躊躇ふことなくブランコ揺るる

遺留分放棄

朝まだき道後温泉街をゆくごみ収集車の〈乙女の祈り〉

打ち負かすことの適はぬ敵として弟の前の姉なるわたし

深海の昏さに昼を眠りをり砂の時計に計れぬわが刻

消えさうにわたしの影は揺れてをりばけつに夏の雲はあふれて

とくとくと苦労話する弟の指先にピース灰となりゐる

風鈴の音に見えくる風の道遺留分放棄のはなし煮詰まる

亡き父の句集に貼りしポスト・イットわれのこだはり風は剥がしぬ

叔母

轢死事故ありしは昨夜なり踏み切りを自転車持ち上げ礼してわたる

角と角合はせてハンカチたたみゆくわれを一生許さぬと言ふ人

この世のものみな捨て去りてぽわぽわと叔母暮しゐるたんぽぽ苑に

三方を一枚ガラスに囲まるるロビーに叔母はちんまりと在す

靡きゐる柳の枝のきんいろにからだを支へ叔母は立ちたり

未完の鎮魂歌

土手沿ひに曼珠沙華わつと咲く日和もとより頭痛は母親譲り

モーツァルトの曲は血糖値下げると言ふ舅に聴かさむ未完の鎮魂歌（レクイエム）

嵩低く口開け舅はねむりをり既にたましひぬぎたるかたち

紅葉の石鎚遠く見ゆる窓舅の秋こそ深みゆくなり

立冬の周桑平野はまつたひらおとうさんお茶を飲みに行きませう

「れいこさんの声は私に聞きやすい」さびしいよさびしい舅への嘘は

ねえさんと

肉球を撫でつつ猫に聞かせゐるわれの言ひ訳あれやこれやを

かの夏のあの出来事よりねえさんとわれを呼ばなくなりし弟

ほどのよき距離に軒先を占領してゐる干し柿沈黙のまま

恕（ゆる）すとか忘れるとかと弟の言ひたるこゑのぬるみては冷ゆ

肩口よりわが足もとに潜り来し猫は冷たき両耳をもつ

弟はつひに本音を言はぬなり満天星（どうだんつつじ）くれなゐに燃ゆ

小春日の温み残れる石のあり姉と分け合ふラガー一缶

わたくしのために

悪いのはわたしでせうか入院の夫を責めて猫にたづねる

饒舌の後のしづけさ落葉を終へてきつぱり銀杏の木は立つ

歳晩を三度（みたび）の入院せし夫の溜息粉粉石鎚颪

いちにんの不在をかこち猫と聴くおほつごもりの石鎚颪

一人とはかういふものかため口で月に電話をかけたし夜更け

わたくしのために私は泣き終へてまづ二階より掃除機かける

あをき月光

薄氷に閉ざされてゐる池のなか小鮒はあをき月光を浴ぶ

果たさざる約束ばかり来島の潮嚙む岸に石蕗の咲く

助手席にうぐひす餅を乗せて来ぬ面会謝絶の師と知らぬまま

次つぎに携帯電話のひらかれて吹雪く夜のバスほのか明るむ

目瞑りて思ふいちにんぽつかりと空きたる席の梅の一輪

梅だよりとどき土曜はユニクロへ黒木メイサの眼力(めぢから)の欲し

碁敵が

テールランプ連なる街角冴え返るまた延ばされし夫の退院

退院の目途立たぬままゆんわりと人も枕も窪む病室

かろがろと春の蝶は越えゆけり広げし布に影を落して

蕗の薹ふたつ手に持ち碁敵が夫を訪ひ来る如月朔日

かまいたちのごとくに人を傷つけしわが一言をたたみて眠る

白木蓮ふはりと灯る縁側にたどたど夫はボタンつけゐる

取り返しつかぬことなどなにもなし蕗味噌一気に練り上げてゆく

もう少し内緒話を聞きたきにこのネックレスの首に重しも

咲くまでを桜は力溜めてをり無人のグランド駆ける黒犬

バスを待ついつときの間をフェンス越え土筆摘みをり見知らぬ人と

万愚節をシャープペンシル握りしめ夫の午睡はひらたくつづく

月までゆかず

義妹の愚痴を二時間聞きしより右の奥歯が疼きはじめぬ

聞いてゐるふりの相槌うまく打ちスクエアオフに舅の爪切る

一つづつ病室の灯り消しながら上りきつたり半欠けの月

実印を預かりしより義妹が責務として組む看取りの日程

生かされてゐると舅は呟けり雨の重さに色濃きあぢさゐ

かはい気のなくてけつこう水無月の水をひたすら包丁に切る

らしからぬ弱音吐きけりわが娘雨にこぼるる実梅のやうに

たどたどとツェルニーさらふ子のピアノ半夏の雨が隣家より降る

梔子の濃き香は雨につつまれて赦せぬ一人（いちにん）ありと子の言ふ

自販機の腹から取り出す缶ビール頑張れなんて言はないでくれ

わが降りし後を無人にシースルーエレベーターは月までゆかず

サタンの尻尾

昼月へひとり寄り道したやうな返事してをり麻酔の醒めぎは

醒めぎはのからだを巡る風の音ことばの支へなくて揺らめく

重湯と具のなき味噌汁冷めてをり食前の祈りおのづと長し

病室に四人それぞれ消灯の薄闇かぶり一日閉ぢゆく

カーテンを閉めれば個室百合の香は消灯あとの闇を濃くする

目覚めても目覚めても闇右の手につかみそこねしサタンの尻尾

点滴に片腕繋がれうつらつら雨になるらし土が匂へり

病得て母の里へともどりたり語尾の「のうし」の疎ましかりき

良妻になる気などなしそはそはと人を待ちゐる星月夜かな

捥ぎたての茄子の紺色露に濡れ病むとは人を遠ざけること

老人性鬱かも知れぬと出でてゆく赤きバイクに赤ヘルの夫

くさはらを分けゆく風の脚速し思ひ出せない亡き母の声

アイロンの舟

忘れゐし人思ひ出づワイシャツの海わたり航くアイロンの舟

過去形に思ふ人あり西空の明るみゆけるこの夕暮れに

階段の五段目に片足かけかけてぴたりと猫の静止せる真夜

トンネルの中の渋滞五分過ぎニトロをさぐる旅の鞄に

候補者の妻は今朝で最後なり柘榴はぱつくりと笑みを零して

だまし船

眦に光る一滴、舅眠るＨＣＵは流刑地に似る

転落による硬膜下出血と検死官五人に死はさらさるる

死にし人に着せるガーゼの寝間着買ふ救命救急センターの自販機

ご遺族はエレベーターには乗れません寝台自動車（しんだいしゃ）までナースとゆく舅

胸蒼くなるまで畳匂ひけりご遺族様の御（おん）控室

一度きりの死さへ生者に都合よく解され遺影は悼まれてをり

納棺にドライアイスははづされてばりばり凍てし寝間着を拭ふ

三重唱めく読経の声のゆたけさに遺族席にてからうべを垂るる

一睡もしてゐないのはみな同じ脇が甘いと娘に突かれぬ

子どもらを少し大人にちかづけぬ礼(ゐや)してまはす焼香香炉

をさなごと折り紙しつつ待ちてをり〈だまし船〉にて逝きたる舅

闘病の長かりし舅のしらほねのあまりに細きに泣くわが娘

じやあまたと核家族へと戻りゆく精進落とし済ませし後を

今はまだ読んではならぬと仕舞ひたり二冊出て来し十年日記

弟

県庁前の脱原発の集会にアコーディオン弾く弟のをり

わが家をウォーキングコースに組み入れて弟が来る珈琲飲みに

読み進む『ユダヤ古代誌』の註多しけふは弟に居留守を使ふ

菩提寺にお札を納めにゆくといふ弟のその信心不思議

聞く耳のなき弟にわたくしの耳を貸したり炬燵はさみて

卵酒すこし甘くし泣き落しうまき弟の繰り言を聞く

形見分け

着ぶくれの重さ纏へる肩の凝りなかなか進まぬ遺品の整理

鍵盤に洗ひ浄めし指をおき芯磨ぐごとく弾くプレリュード

こゑのして振り向く闇に柊の赤き実のあり　はいと答へぬ

デパートの屋上に睫毛濡らしゐる回転木馬が息を吐くとき

形見分け済みたる後のちらかりやうかくして舅は忘れられゆく

樟の樹を抱く

異教徒のわたしを呼ぶな遍路道きさらぎの風きんいろに吹く

二月はや〈いつさんばらりこ残り鬼〉豆を蹴散らし猫の走れり

れいこさんと吾（あ）を呼ぶ高二の理佐さんとメールで語る『鬼灯の冷徹』

きんいろの月の光りに照らされて林檎の芯に蜜たまりゆく

論破して寂しも樟の樹を抱けばかすかに水の流るる音す

自がための終の日の禱り捧げゐるそばに平たく猫は眠りぬ

空に余白の

東北の三月の記憶聞けぬまま菜切包丁夫まねて研ぐ

地下水を感情のごと汲み上げて銀杏の芽吹く刑務所官舎

風の音ひと日のからだを巡りをり語りあかしてうすれし時間

ざつくりと蜜入り林檎食みてをり否定形にてものを言ふあなた

疲れたる目に限りなく梅白しあなたがわたしの娘でよかつた

晩禱の聖カタリナの鐘の音此の世の闇に深く沈みぬ

歩けと医者、歩き過ぎだと整体師。なんだかなあ　犬ふぐり咲く

春耕の伊予の段畑上りゆく遍路の鈴の音谷に吸はるる

沈丁の闇に紛れて来し男別れ話をつつと引つぱる

若草の妻でありたる日はとほし弱音吐く夫きらひぢやないよ

涅槃西風（ねはんにし）吹けばさくさくわたくしの悪評飛び散るだまし絵のなか

身のうちの闇を揺らしてペダル踏む空に余白のある復活祭

秘密はどこにしまふのか

執拗に猫の足舐む昼下がりアルペジオのやうな雨降り続く

受難週こそ鎮まれよと権威とふ黒衣を脱げばらくになるのに

退き時を漏らししひとと帰る道アメニモチラズ犬ふぐり咲く

はにかみてあのひとに言ふありがたう白湯はやさしく胃に沁みとほる

大切なものが見えなくなることはさ枯葉にうもれ菫咲きをり

あかされし秘密はどこにしまふのか男の服はポケットだらけ

折れるつてほんたうですかぺきぺきと弥生の空のこころをたたむ

男とはなまぬるきもの可か不可か答を出すのが女の役目

散るでなくトンと落ちたる侘助の白花の意地てのひらに置く

纏ひつくこゑをはらひて眠りたり空の白きに午後はつかれて

裏道を伊予銀行へと急くわれの悪いうはさはもうひろまりぬ

二年かけし〈宗教論争〉のあほらしさ流水を切る鋭き杜若

咲くまへの桜の蕾のさくらいろ復活祭の卵を茹でる

けれどなんと良い風でせう〈鷲のごと翼をはりて〉天(あめ)にのぼらむ

まつすぐに空に真向かふ紫木蓮死者の背中を追うてはならぬ

母を詠はぬ娘

パソコンを相手に夫が打つ碁石ぴしやりぴしやりと水の足音

人の背に倚りかかりたき猫のゐて空白といふがこころに重し

いつだつて真ん中の子はみそつかす花軸をのぼり捩花の咲く

しつかりと捩ぢれゐてこそ捩ぢれ花わたしは母を詠はぬ娘

あをぞらに靴をとられて帰れない子がひとり編むれんげの花冠

声だけで居場所たしかめ蕨摘む破片のやうな光降るなか

いちまいのあをぞら泛ぶ水たまり犬に曳かれて少年はとぶ

聖書には

さざなみはわたしを綺麗に掃くはうき瀬戸の潮鳴り目をとぢて聞く

いつときを要して読みぬ〈卯の花や暗き柳のおよびごし〉哉

金曜の聖堂（みだう）に祈るひと絶えず現世をなほ生く高山右近は

聖書にはいくつあるのか罪の文字「告解の部屋」を閉ざすカーテン

公園の右近のかぐろき立像を人も鴉も振り向かずゆく

夫の焼くたまご

日曜の朝を夫の焼くたまご目玉はきつちりあふむけである

薔薇一花崩るる音なき音がする早世の母を責めたし今も

きつちりと角を揃へてシーツ干す母の遺伝子われに伝はる

朝ごとに家族の数の卵割りわたしはずつと眠り足りない

〈木戸さんち〉に百二歳なる媼訪ふ聖餐のパンと葡萄酒たづさへ

また来ますとふ言葉を安売りす百二歳にも未来あるごと

水の匂ひの

手触れたる天（あめ）のごとくに北窓のルルドの聖水水平ならず

オリオンへ向かふ列車に乗りたしと水の匂ひのするきみのこゑ

隣には今にも眠りさうなひと足湯に映る銀河きらめけ

約束はなかつたことにしませうね水皺をよせて湖（うみ）の風吹く

退き時を思案してをり銀河には銀河の水が泣いてゐるのだ

青柳の禱りのかたちに枝垂るるをピッチカートの雨濡らしゆく

蓑虫に繫がる細き銀の糸親しきゆゑに言へぬ言ひ訳

晩禱の聖カタリナの鐘の音此の世の闇にふかく沈めよ

頬杖といふ杖

風船に引かるるやうに消えたしよ秋の光は真つ直に来る

隣家より凌霄花の伸びて来る頬杖といふ杖をさがして

潮鳴りの耳に満ちくる伊豆の海水平線の紐ほどきゆく

付箋紙が光返して揺れてゐる歌集は海へ海へと傾ぐ

半夏生白くなる葉とならぬ葉と娘の転職三度目となる

絵のやうな秋に近づく縁側にあなたのシャツをやはらかく畳む

ぶだう一顆朝の光を返しをり時の窪みにゐる夫と猫

細切れの主婦の時間をつなぎつつ『ゲド戦記』読む　雨の日のよし

夕焼けの花野を抜けてゆくやうに老いてゆくなら悪くもないか

ちりちりと秋刀魚焼きつつ透し見る夫宛の〈要精検〉通知を

献体の意思を夫は固めたりペルセウス流星七つ数へて

ぬばたまの夜のあをぞらにほどのよき洞あり　われの逃げゆくところ

ソーダ水のやうな言葉を夫は吐く半月に二度胃カメラ飲み

十月のあさがほ天（あめ）の青を吸ひ真昼間を咲く　どうにかなるさ

青空に似合ふ真白きさるすべりエンディングノートに一行書き足す

わけあり蜜柑

踝に風の染まる道の駅〈わけあり蜜柑〉わけ聞かず買ふ

やはらかく風を巻き込む薄原いつてはならぬひと言でしたね

病む夫はわれの言葉のあらかたを打ち消ししのちごめんと黙る

「れいこさん、ありがたう」と術前の夜に夫の声聞く携帯

猫の耳ときをり動く秋の陽をあつめて膨らむ羽毛布団に

身をうすくすれ違ひたり退院のキャリーバッグを転がす病廊

風の土手にふんばつてゐる椽の木どんぐりの実の落ち尽くしたり

柘榴の実腹の底から裂けてをり右ポケットにニトロ確かむ

いにしへの聖徒のやうには生きられず眉描き足して礼拝にゆく

部屋隅に日差し集めるシクラメンあなたを思ふかたちに咲きぬ

への字のかたち

南予なまりふはつと胸に止まりたり初診の医師の語尾やはらかし

焼き立てのパンの香りに息をつく出口からしか入れぬ病院

こしかたを語る夫の喉細し病院食はまだ三分粥

流されてゐるのは雲か空なのかあなたの言葉をまた裏返す

冠雪の石鎚見ゆる八階の洗面所には泣く人のかげ

咲き初めてどこかさびしき冬桜知りしがゆゑに言へぬことあり

泣きゐるを気づかぬふりに目礼す八階東は癌病棟なり

まあいいか蓋を開けたる仕舞ひ湯のひとつところに柚子の集まる

へなへなと吹かるるばかりの冬柳〈へ〉の字のかたちに猫眠りをり

パンジーを植ゑ替へ落葉の音を掃くちびし箒のちびくれし音

手術後の経過良好と聞きし夜胸にセーターやはらかく畳む

パンジーの白花のみを植ゑ終へぬ病後やしなふ夫の目線へ

耳朶に風のしめりを受けて立つこころがひとつのかたちとなるまで

焼酎へかぼす四ツ一絞り込むよく堪へましたと手に染む香り

干し柿の陽に透きとほる軒先に揺れて作業着四角く乾く

囲碁打ちに二か月ぶりにゆく夫の正ちゃん帽子しつくり馴染む

秋の音符

娘との程よき距離とふ瘦せ我慢腰へらへらの渋団扇の風

帰宅中とふ電話の声に混じりゐる高き靴音　とほくなりし子

やはらかき鳩の鳴き声てのひらにたまごのやうな雲の生まるる

点眼薬つんと鼻に抜けゆきぬ娘に優しくされるは孤独

後戻りできぬ時間を掬ひをり日の温みのある梨を貰ひて

うたた寝をする子をほうと包みたり和紙のやうなる上弦の月

真青なる空の寂しさ言ふ娘あなたを庇ふ力まだあり

四十代は*f*（フォルテ）の時代タンデムを漕ぎゆくやうな子とその連れ合ひと

いつ死んでもいいと思ふよこんなにも秋の音符が転がつてをり

子を持たぬ娘は知らずに終はるだらう子がゐて孤独しんしん孤独

わたくしの寂しき時間を知らぬ子と名水を汲む列につきたり

白ご飯だけでもせめて食べてねと子の作りゆきし生姜の佃煮

秋の灯はいくつ点けても仄暗しひとり娘の不惑過ぎたり

捨てるもの選りわけながら手が止まるたとへば娘の夏休み帳

湯の滾つ土鍋に豆腐沈めゆく娘夫婦の去にたる夜を

馬跳びを大きく跳びて夕焼けに少年消えぬ声も残さず

冬薔薇

風折れの野水仙を摘みてゆくあんちくしやうと意地張りとほし

水仙の花の重きを胸に抱き見知らぬ人と長くバス待つ

部屋うちに葛根湯の香の籠もる吾(あ)の不気嫌が娘の不気嫌

ママレードの蓋を抱へてなほねぢる意固地になつてる娘の指先

くれなゐの花芽ふくらむ冬薔薇水の澄むまで筆洗ひをり

寒風に吹かれてひいやり右耳のピアスの穴が聞く風の音

屋嶋城

めづらしく長寝してをり今朝の夫猫が寝息を確かめ戻る

釣鐘の抱ける丸き闇見上ぐ面構へよき野良猫のごと

沈黙は言葉と思ふ雛壇に官女は眉をひそめてゐたり

晴れ上がる空をいちまいひきよせる補聴器外しし夫の沈黙

海よりの風に吹かれて海を見きただそれだけのあなたとわたし

うぐひすの声すきとほる屋嶋城（やしまのき）復元半ばの石畳濡るる

さみどりの雫に濡れつつ石は待つ復元順に番号背負ひ

本殿にまづ黙礼し花どきの天と屋島を一巡りする

ビラまきに雨も厭はずゆく夫リタイアしても選挙好きなり

口を噤める

転職はこれで二度目の外資系むすめの足首しなやかにゆく

瀬戸内の海を近くに無人駅小さきリュックのつぎつぎと乗る

父親と競ふ〈水切り〉娘はつひに踵の高き靴を脱ぎたり

葉桜のあひまあひまの空蒼しボーイソプラノの歌声余る

生木焚く青き煙のうつすらと娘のこころの翳りとなりぬ

細き雨降りみ降らずみ皐月闇ミルクの膜を小指に突く

どくだみの花の一途に白かりき口を噤める娘のやうに

ふつくらと炊き上がりたる豆ご飯かへらぬものを数へつつ食む

ため息押し込んで

やうやくに暮れし六月第三日曜遺愛の碁盤の乾拭きをする

初夏の少年たちの声高し燕はホームベース抜けゆく

水無月の風の集まる沼の面にぬつと顔出すをちこちの亀

いきどほり薄くうすうくのばしゆくアイロンに女(をみな)の体重をのせ

愚痴言はぬ娘であるよ虎杖を手折れば光る水を吐きたり

いま少し夫の記憶に添ひてみむ新茶を急須かたむけ注ぐ

古坊(ぼん)さん若坊さん二重唱あぢさゐの花とうなだれて聞く

天道虫の星のひとつをのみこみて露はするりと芋の葉へ落つ

物干しの竿のしづくに集まれる台風ののちの朝のしづけさ

自転車のタイヤにため息押し込んで夫は明日のパン買ひにゆく

母のこと好きで嫌ひで

愛されし記憶なけれどわれのみの和綴ぢの育児日記のありぬ

母のこと好きで嫌ひで卵かけご飯が唯一ごちそうの頃

病弱のわがため祈禱師たのみしと看護婦の母の記録に残る

朝まだき厨にむすぶ飯(いひ)二つ海より青く透きとほる塩

遠蛙かなしき記憶を呼び覚ます真白き紙で指切りしこと

わたしには私がついてゐるゆゑに泣かずともよし夜の青葉木菟

どこまでも長女の姉と次女のわれ〈通りやんせ〉鳴る交差点わたる

珈琲ミルのからまはり

寂寂と風に乗りくる母のこゑ空耳と言ふやさしきことば

川の面にきらめく初夏の日のかけら両手に掬ふ水やはらかし

お隣もステテコ姿に撒水す闇ゆるやかに降りてくる庭

手回しの珈琲ミルのからまはり鳶になりたい娘婿あり

萩の風袂に入れて友の来るけふの茶会の正客はきみ

蓮池を巡るジョギングの長き脚見上げて亀は首ひねりをり

おきざりにしてごめんねと母のこゑ厨の闇に浅蜊が身じろぐ

相槌を打つことばかりのクラス会しだいにわれの輪郭かすむ

母逝きしあの日のやうな大夕焼（おほゆや）け大切な人また亡くしたり

夕立ちに足ぬらしつつ秋茄子のいびつな紺をもぎとりにけり

足の指ひたす先から海となる黄昏きたる船折りの瀬戸

青き渓越えゆくきつねの嫁入りか石鎚山のいただき霞む

一杯の朝（あした）の水の涼やかさ秋の時間に時かけて飲む

東京にゐた頃

さうだつた母は在さじ桔梗（きちかう）の一鉢くるりとまはして買ひぬ

美猫だねえ　永田先生寄りゆきぬ道後温泉街の夜更けに

反り返る秋茄子の紺もらひけり試歩するあなたの後をゆくとき

あどけなき叔母の話を聞きてをり終バス一便増えたる町に

日付のなきおとぎ話を繰り返す叔母のグラスは浄き水満つ

〈東京にゐた頃〉〈東京に子がゐる今〉井の頭線に乗る永福町まで

年上の義弟妹らに名で呼ばれしつかりれいこさんをしてゐるわたし

うやむやに

（うやむやにしておけばよい） 冬帽にのせゆく日ざしが風に溶け込む

死ぬまでは真つ直ぐまつすぐ指先にこころ集めて弾くピアニッシモ

まとまらぬ思ひに長き日向ぼこ吠えてゐるのは隣のコウイチ

見送りてこころが揺らぎぬ海に撒くみ骨は風の隙間に消えゆく

朴落葉かさりと風を裏返し夫との会話ちぐはぐとなる

暫くを水になりたしわが胸にしきりに石を投げる人ゐて

帰るべき家の灯りの濡れてをり白髪冷えてかすかに重し

先週までタメロだつた少年の羞しく「カレーのおかはりください」

気づかない悲しみに似て七草のひと刻みごとの香りを放つ

まだ力残りてゐるや寒の水いつきに飲み干し背筋を伸ばす

白鷺を浮かばせ枯野は暮れゆけりわたしはけふの私を放つ

寒卵

あをぞらに触れし枝より花ひらく梅の木にリボンかけにゆきます

如月の光の束を集めゆくぽーぽーぐるぐる山鳩の声

母の声聞えるやうな里の家雪の匂ひの傘たたみゆく

犬ふぐり空の青さに馴染みをり手話の少女ら脚投げ出して

寒卵こつんと固く手に在りぬわたしはわたしに怒つてゐるのだ

芽おこしの降りみ降らずみ雨のなか叔母の話はまた振り出しへ

連凧の糸引く音の風に鋭し従兄は永久のあくがれなりき

冬晴れにこころほとほと渇きたり主語も述語も省略する夫

立春は人をやさしくするものか夫のつくる鍋焼きうどん

あてはづればかり続きぬ凍て滝の裏を水は蒼く流るる

美麗しかり

モニターに腫瘍が映る「神の為し給ふところは皆……美麗(うつく)しかり」

明日のことは明日考えようきしきしと白髪(しらかみ)重きを洗ひゆくなり

蔓薔薇の角ぐみたるをまづ言ひて夫に切り出す腫瘍のことを

如月の朝(あした)の空に濁点を振りつつ来たりいちばん鴉

声に出しおのれ励ますひとりごとたとへば粥に寒卵の黄

きのふけふ何も違はぬ筈なのに襤褸のごと寝る検査を終へて

ほんたうは不安で泣きたい叫びたい缶を出で来ぬ薄荷のドロップ

弱音吐くわれを許さう白梅の雨の雫が肩に匂ふも

立春の雨のやさしも病むわれに今宵も祈りてくるる人あり

冴えかへる窓辺に伸びする猫とわれ入院までの予定空白

水仙に内緒の話すこし言ふ縦列駐車二度めに決めて

身のうちに腫瘍抱へて掃除する洗濯をするご飯をつくる

入院の荷物すべて整へて包丁を研ぐ顔映るまで

なるやうにしかならぬこと　二つ三つ石を投げれば水の光れり

紅梅のつぼみの昏し亡き人を思へばくれなゐ滲みくるなり

雨いよよ細うなりたる二月尽祈りはいのちの錘なるべし

病棟ゆ一人（いちにん）の死者出でゆけり今朝よりわれに輸血始まる

結論はまだ先のこと落ち椿一語一語を置くやうにあり

石鎚を白き闇が覆ひたり日にち薬もまだ効かなくて

この世のシナリオ

水音の膨みゆける石手川この世のシナリオ二度書きなほす

芽起しの雨に不安の兆しくる弱音を吐けばいいのにと子は

イキマセウ死刑執行人のごと執刀医来る時間通りに

サエキサンヲハリマシタと声が降りイキシテキルンデスネと返して眠る

「元気やな、病人の声には聞えんぞ」（去勢を張つて生きとるんです）

海に来て膝にひろげる握り飯夫がかつしり結びたるもの

はなびらまはる

訳ありの今朝のわたしは白粥の光を一匙ひとさじ掬ふ

良妻はもうやめました菜の花の白和へ鰆の刺身のパック

着心地も思ひ出のひとつ泥染めの大島紬寝押しするなり

少年の細きうなじを風が吹き回転扉に花びらまはる

浅漬けのなにかが辛し紫木蓮ひらきて秘密のこぼるる朝

肉球に触れれば甘噛みする猫に夫への不満たつぷり聞かす

ほどほどの生き方とはなに春宵の電光板にまた人が死ぬ

塩バターパン

食べるか?と夫買うて来し焼き立ての塩バターパンをそくそくと食む

薔薇一本あればよしとす記念日にわがパスポートは失効近し

白髪（しらかみ）を梳きて退院する朝リラは真白き風を抱きぬ

来む夏を疑はず買ふあさがほの種の袋の明（さや）かなる音

眠くなる匂ひを連れてくる風にこきりこきりと首を鳴らしぬ

寝ることに倦みたる病後　古漬けに混ぜる生姜を針に刻みぬ

エプロンの未だそぐはぬ夫なり食器洗ひは上手くなりしが

最後まで何も言はずに逝くつもり山あぢさゐの小さし今年

娘婿の土鍋に炊きたる豆ごはん術後のわれは着膨れて食む

4分の6拍子打つメトロノーム紋白蝶の躓きゆけり

あぢさゐの花に沁み込む雨の音互みに肩に浄め塩ふる

枇杷のジャム蜂蜜色に煮詰めゆく父母の忌日の続く水無月

憎まず羨しまず

病める日は人を憎まず羨しまずホタルの風を身に巡らせる

不器用な蛍は指先より飛べずあの世この世へ点滅してをり

梅雨空へ凌霄花咲きのぼり膝を抱くこと子は覚え初む

足指の太き〈考える人〉の像雨に濡れつつなほ考ふる

桜桃を含めるままにページ繰る友の恋歌の一途さ寂し

半袖の白衣の医師の肘まぶし梅雨のしまひの雷ひびくなり

水底の記憶

水底の記憶をもてるわが足裏(あうら)眠る間際は海を恋ふなり

しやぼん玉さびしきときをたんと吹き日焼けの脚を投げ出す少年

たましひを零さぬやうにこころ閉づペルセウス座の星の流るる

宵闇に葬（はふ）りの打ち水匂ふなり夕さりの風死者に吹きをり

折り合ひをつけつつ死者と生きてをり風の声聞く南部風鈴

男にもきつとあるのだ更年期ラムネの壜のうちなる言葉

紙の音立てて揺れゐる蟷螂の子らは糸くづほどの小ささ

汚れゐるままに稽古着干されあり崖つぷちとは強くなる場所

寂しさは蜂蜜色に溜まりをり日傘の影にわたしを隠す

夕風は此の世のうはさを運び来る紅を引かずに過す日の暮れ

舟いくつ

うたた寝の夢の続きに母のこゑ空耳だらうか空耳だらう

やはらかき秋のひかりを混ぜながら糠床に茄子の紺沈めゆく

舟いくつ流せば秋となる川か先へ先へと夏の雲湧く

蕺草へ開かれてゐる窓のあり検査結果をひとり聞きに来

過去形に友の語れる恋に似て口にざらつく伯方塩飴

しろがねの鋏にやをら切り開く息が出来ないほどの濃き闇

隠しごといくつかのあり黒日傘とづれば小暗き真昼であるよ

寂しいと

吊るされて朱の深みゆく唐辛子われ病み夫老い猫は気まぐれ

願ひ石うまく乗りたる鳥居の上（へ）入院予定は予定に過ぎず

あなたより先に逝つてもごめんなさい。せんねん灸を据ゑくるるあなた

絶え間なく疼痛つづく一日を愛唱讃美歌アルトに歌ふ

午睡より覚めれば胸の手の重し家にあなたのゐる気配なく

塩味の氷菓を舐めてやうやくにつなぐ言葉を引つぱり出せり

寂しいと言はねば男はわからぬか光の幅に川は流るる

この家のどこかにあなたがゐてほしい黄門さまを見ててもいいから

せんねん灸

新たなる病告げらる　泣きにゆくところのなくて葱刻みをり

神の息にとどまる青き林檎たち次つぎ熟れて此の世かぐはし

鎮痛剤効きくるまでの現世(うつしよ)をシーツの上に讃美歌を弾く

ポケットの中のぐうの手ひらかうか水音(みおと)になじみ冬桜咲く

もう十分生きたよねつて転がりぬ十円玉は携帯エリアを

せんねん灸今宵も据ゑてもらひつつ此の世とあの世の地つづきのいま

赦すとは忘れきること峡ふかく棲みて花喰ふ山姥にならう

十三粒の錠剤のろのろ押し出しぬ疲労の限界指先に知る

疲労度のもう限界と思ふとき抱きしめたくなるやはらかきもの

仲良しの歌の友との相病室（あひべや）に枕投げしたき気分の二夜

夜の明けの空を鳶は旋回す生きねばならぬ　生きねばならぬか

母さんが先に逝くかも知れないと声を押へて夫を叱る子

終電の音かすかなりからうじておのれ保ちし一日を閉づる

迷惑をかけてごめんと夫に言ふときをり思ひし死には触れずに

お見舞の林檎が匂ふ「寂しい」と言ふ声聞かせる猫と林檎に

ふつふつと飯炊(いひ)き上がる音うれし子の作り置きしおでん温もる

頬杖をつく

消えてゆく雲をあふぎて自転車に空気とため息夫は詰め足す

ＦＭにバッハ聴きつつ晩秋と初冬のあはひに頬杖をつく

風の吹く音に耳のみあづけゐる猫にひと日は事のなく過ぐ

感情の出口のやうやう見つかりぬ四股踏ん張つてあめんぼ流る

長風呂に殺意の失せてしまひけり半切りかぼすむつつり浮かぶ

竹林にかすかに風の音立つるぜんまいじかけのやうな蟷螂

並べある譜面台に糸とんぼ光ひとすぢ残してゆけり

本音には

水のあるところに光射してをり此の世に覚めて朝（あした）のパン焼く

われを呼ぶ土鈴の屋島太三郎（たさぶらう）狸（哭きたくばなけわれは負けない）

足るを知る暮しなりけり土鳩きてぽーぽーぐるる昼餉はまぢか

言ひ訳に納得してをり（焚き火の輪入りやすくて抜け難かりき）

吾を気遣ふ姉をやうやう安堵させバンホーテンココア温めなほす

疼痛を堪へがたく聴く讃美歌に流す涙はくせものである

本音には触れてはならじ　真二つに切られし白菜にんまり笑ふ

押すな、春風

寂しさはだれのせいでもないものを弥生の風は土鳩に向かふ

口に出せば死は一瞬の風となる背を撫でくるる手の温くとも

一度だけ娘のまへで泣きし日よ真昼間ふかく風鳴りを聞く

泣きさうです、検査結果は正常値。恵方巻きをとりあへず買ふ

病むわれに寄り添ふすべを知る猫の灯りを消せばかたはらに来る

寂しさのふれあふ音に風匂ふひとりの昼の卵かけご飯

あやとりの赤き橋を渡りゆくわたしの背中を押すな、春風

耳搔き一杯の

朝ごとに夫の服にて知る気温耳搔き一杯のさびしさに会ふ

黒黒と地を明るうせり桜ばな紙飛行機を折つてみませう

もう十分生きたでせうと首筋に触るる桜に朝日のにほふ

ひとつまた殖えたる病は決定打こんぺいたうは角(つの)いくつもつ

1812号室のとらはれびとは誰(たれ)ならむ　あたたかさうなりこの世の出口

「通院治療は無理でせう」と医師カフェラテ片手にざつくり告ぐる

熱ある朝に

胸の上(へ)に洗ひ浄めし指をおく熱ある朝に立つ虹のごと

退院の目途告げらるる四月尽夫の眉間の皺ほどけゆく

世をわかちながらも母は吾（あ）を叱る今なら折れるあの鯨尺

飼ひ猫の馴寄りて来しと喜べる夫の肩に散る楠若葉

退院と治癒のちがひを飲み込まぬ夫の寂しさ知るや猫

終末の迎へ方をばたれに聞かむあぢさゐの花芽ふくらみて来ぬ

低気圧荒れ狂ふ宵をかがまりて遙かなる父母のこゑを聴きをり

あなたの声の

約束は互ひのために祈ること眠られぬ夜の卯の花腐し

蛍追ひ蛍の闇へまよひ込むひと日を無事に終へたるのちに

後がない、あとがないぞと流れゆく小面の唇(くち)の濃き紅の色

まだ生きてゆけさう土手に吾を呼べるあなたの声の若わかしかり

身綺麗に此の世を生きたし天守閣けぶらふ雨に滲みゆくなり

退院のわたしに青き天のありこころに色を重ねて軽(かろ)し

語尾ながき伊予の言葉をひくやうに青空渡るわたしの自転車

手紙の続き

三月経て戻りし家なり匂蕃茉莉（まつりか）の香に包まれてこころをほぐす

忙しなくカップ氷を崩しゆくさりさりさりと泣いてゐるのは誰

窓をあけ人送りたり匂蕃茉莉の白き匂ひのこぼるる夕べ

夕映えがとても綺麗とこゑ残し風の迷路を吹きぬけゆくひと

「郵便はあなた宛てだけ」と夫は言ふ疲れし声を隠さぬままに

あぢさゐの雨後のしづくを匂はせてわが身めぐりを吹きぬける風

夜はそらに空はあなたに溶け込みぬいまだ本心聞かぬままなり

初夏をゆかむ

明日から新しき治療始まるとふ温めのシャワーをたつぷり浴びむ

雲ひとつ従へ夏の月出でぬ水平線はぷわあと息吐く

晩鐘に山のみどりのうなだるる追憶はつねに母との諍ひ

つらつらと椿が玉になりゆける小径に拡がるみな嘘つぱち

手のひらに浅蜊三個を唱はせて汐(うしほ)の音をうきうきと聞く

お守りは帽子携帯サングラス車椅子漕ぎ初夏をゆかむ

跋

真中朋久

山下れいこさんが亡くなって三年になる。山下さんからメールが来ない。山下さんの声が聞けない。山下さんの「シフォンケーキ」が食べられない。何よりも山下さんの新しい作品を読むことができない。二冊めが遺歌集になってしまったということが、じつに残念でさびしいことだ。

山下さんの第一歌集『水たまりは夏』は二〇〇六年の刊行であった。歌集の中心になる題材は、かつて国立病院の院内保育所の園長先生であった山下さんの、子どもたちと過ごした日々のことだった。作品を少し抜き書きしておこう。

おはよーと駆けてくる子を一人づつ両手で受けとめ今日の始まる
母親の勤務どほりに子らは来る日勤・深夜・準夜・半日
母親は準夜勤務中「ゆうくん」よりメール定期便来る「せんせいげんき?」

二首めには「いつも誰かが足りない気がする」という詞書がつく。子どもを預けるのは、主に看護師さんたちであるから、夜も昼も子どもが出入りする。そうやって子どもと向き合っていれば、これはもう親戚のおばさんのような感じにもなるだろうか。三首めにあるように卒園児との交流も続くことになる。深夜の病棟の、手厚い看護というものも、こういった保育の場があって支えられてきたのだと、改めて思うのである。

しかし、リストラの波はここにもやってくる。付随的サービスと見做されるところはどんどん廃止・民営化され、やがて本体の病院も「法人」として姿を変えてゆく。

夜勤明けの二時間後には羽田にをり日帰り交渉普通となりぬ
「ゆうびんやごつこ」でわれに来る手紙「えんちようせんせいよくがんばりました」
灯をすべて点けても暗しホテルの部屋に次期園長の推薦文書く

この場合の「園長」という立場はどういうものだったのかわからないが、看護師さんとその子どもたちを支えなければ病院の体制も成り立たない。そう思えば、

納得できないこと、譲れないことも多かっただろう。現場の管理職でありながら
も、労働組合の立場で交渉に臨むということは、珍しいことではない。
大きな流れに、なかなか対抗し得るものではない。結果としては、敗北といえ
ば敗北なのだろうが、それで全ておしまいということでもない。最後の抵抗とい
うのかどうか、後任の人事について、できることをしておく。その姿は、子ども
たちも直接・間接に目にすることになるし、子どもなりにその意味を感じ取る。
大人になってから、思い返すことにもなるだろう。

第一歌集は、そういうわけで保育園時代のことが一つの柱なのだが、あと半分
は、人生というか、生きてきた中でのさまざまな悔しさ、寂しさ、プラスもマイ
ナスも含めての人と人との関係にかかわる想い――そういうことを題材としてい
た。この歌集にも続く主題である。

*

本書には、第一歌集刊行以後の作品がまとめられている。

通したき女の一分ある夜は畳の目にそひカラ拭きをする
ソクラテスの妻のごとくにまくしたて夫を責めれば猫のうつむく
男とはなまぬるきもの可か不可か答を出すのが女の役目

喧嘩早いというのか、敵をつくりやすいのか。読んでゆくと、そういった歌がたくさん出てくる。情と理の、どちらかといえば理のほう。もちろん両方あるのだろうけれど、「一分」というのは「理」であろう。譲れない原則というものがあるが、なかなか通らない。どうしたらいいか——考えながら手を動かす。
「ソクラテスの妻」が悪妻というのは、後世に膨らんだイメージというのも多分にあるようだが、そのイメージを借りるというのは、いささかの自己批評もあるだろう。言いたいこと、言うべきことを強い言葉でまくしたてた直後に、ふっと我にかえるのは、ここでは第三者である猫がいたためかもしれない。そういえば第一歌集には「夫婦喧嘩の仲裁うまき犬なりき写真の前で飲むにごり酒」という作品があった。その役割を引き継いだ猫がいるわけだ。味のある脇役が時々出て来るのも楽しい。

「男とは」とひとまとめに断定されても困るが、そう言いたくなる場面はあるだろう。はっきりさせないと納得できない作者の、その性分はよくわかる。具体的に何があったのか、ものごとの当否はともかくとして、この潔さが山下さんの作品の大きな魅力である。

そういえば、短歌誌「塔」の編集についてであったり、あるいは愛媛・松山での「塔」全国大会について、私もまた山下さんにしばしば問い詰められたり責められたりしたのだった。

読み進む『ユダヤ古代誌』の註多しけふは弟に居留守を使ふ
細切れの主婦の時間をつなぎつつ『ゲド戦記』読む　雨の日のよし
二年かけし〈宗教論争〉のあほらしさ流水を切る鋭き杜若

少し個人的な思い出になるが、こんな作品も懐かしい。『聖書』の時代を、別の視点から記述しているフラウィウス・ヨセフスの『ユダヤ古代誌』はなかなか興味深い書物で、私は解説書を読んだだけで知ったかぶりをしてあれこれ言っていたのだが、山下さんは文庫本で六冊になるものに取り組んでいたのだった。弟さん（とも、いろいろ確執があったようだが）に居留守までつかって読みふけっていたのかと、少し微笑ましく読む。

アーシュラ・K・ル＝グウィン『ゲド戦記』についても、どの部分をどんなふうに読むかというようなことをメールで語り合った。

三首めは何のことかわからない。比喩的に「宗教論争」と言う場面もあるが、作品の中にも出て来るように、山下さんはキリスト教の信仰をもっている人であり、実際に神学的な議論があったのかもしれない。どちらにしても、譲れない原則と思っていたことが、それぞれの思い込みに過ぎなかったと気付くことはある。本を読んで他人の考えに触れることで〈憑き物が落ちる〉ようなことはあるだろう。激しく論争する人ほど、その落差、振幅は大きくなる。それを受け入れられず、かたくなになる人も少なくないが、「あほらしさ」と言ってのけるところが山下さんらしい。

作者の内面がどのように形成されてきたのかということに、安易に踏みこむべきではないが、作品に繰り返しあらわれるのは母のことである。

しつかりと捩ぢれゐてこそ捩ぢれ花わたしは母を詠はぬ娘
薔薇一花崩るる音なき音がする早世の母を責めたし今も

「母を詠はぬ」と言いながら、母が出て来る歌はたくさんあるのだが、それはつまり、母を懐かしむとか、感謝するとか、そういうことを詠わないということだ。「捩ぢれ花」（ネジバナ）の、捩じれながらもまっすぐ上を向く姿が、山下さんの自画像と言ってもいいかもしれない。

親と子の関係というのは、だいたい割り切れない。互いに期待するところが大きいほど現実とのギャップが大きくなりがちで、ある場合には干渉が重くなり、またある場合には放置されたように感じて、その寂しさを長く抱えることにもなる。

そういうことを時間をかけて、年老いてゆく親と向き合いながら解決できればよいのだが、「早世の母」であればどうにもならない。決着をつけることなく来てしまったのだ。

愛されし記憶なけれどわれのみの和綴ぢの育児日記のありぬ
母のこと好きで嫌ひで卵かけご飯が唯一ごちそうの頃
病弱のわがため祈禱師たのみしと看護婦の母の記録に残る
世をわかちながらも母は吾を叱る今なら折れるあの鯨尺

「和綴ぢ」「卵かけご飯」という具体が時代を感じさせる。近代的な職業である「看護婦」でありながら「祈禱師たのみし」というのは、母にとっては切羽詰まった選択であったのだろう。

折々、叱られたことを思いだす。今やっていることについて、母ならばどんなふうに言っただろうかと思う。叱られて納得できることなら、こんなふうに思うことはないだろうけれど、どう考えても理不尽なことだったのか。「今なら折れる」というのは、対抗できるということなのだろう。昔はよく「鯨尺」で人を打つことがあったのだ。

山下さんの作品には、周囲の人がたくさん登場する。家族・親族だけでもかなりの数にのぼるだろう。

春蟬のアリア遠くより聞こえくる父の逝きたる佐古の渓谷
大笊の切干大根の甘き香よ思ひ出すのは母よりも父
娘との程よき距離とふ痩せ我慢腰へらへらの渋団扇の風
点眼薬つんと鼻に抜けゆきぬ娘に優しくされるは孤独

山菜採りに行って遭難した父。母よりも父が親しく思いだされる。ほとんど唯一、こだわらずに向き合える対象であったようにも思う。娘との関係は、母への愛憎が、どこか影をさしているのかもしれず、距離をはかりかねているような感じもある。親子の関係というのは、ひとそれぞれなのだが、それでも「痩せ我慢」などは共感できるのではないだろうか。「優しくされる」ことがかえって「孤独」というのは、これは強い自立志向が前提なので、わかる人とわからない人がいるかもしれないが。

麦の芽の縞の模様(もんやう)あをあをと病み臥す舅と冬を越えたり
「れいこさんの声は私に聞きやすい」さびしいよさびしい舅への嘘は
年上の義弟妹らに名で呼ばれしつかりれいこさんをしてゐるわたし
良妻のふりをするのはほどほどにをとこの愚知は聞き捨てておく

比較的数が多いのが舅。自分自身の名前「れいこさん」が出て来る作品が五首あるが、それはどちらかというと自分自身というより、他者から見た「れいこさん」なのだ。その役割を演じているということを強く意識している。最晩年を看取る場面では、なんでもあけすけに言うわけにもいかなくなってくる。ふつう、それで口ごもる。そんな場面で、明るくはっきりと、励ますようなことを言ったのだろう。「聞きやすい」というのはそういうことだ。はっきり言っているぶん、そこには嘘がまじる。そのことを強く意識してしまう。

この三首めが面白い。演じ続けると疲れてしまうが、「してゐるわたし」を客観的な視点で見ることによって、どこか自分を支えることができる。演じるのを「ほどほどに」と言ってしまうのも正直で良い。

あらためて書くが、この歌集は遺歌集になってしまった。幼い頃から病気がちであったようだが、歌集の後半の発病前後の作品は、さすがに重い。

モニターに腫瘍が映る「神の為し給ふところは皆……美麗しかり」
鎮痛剤効きくるまでの現世をシーツの上に讃美歌を弾く
この家のどこかにあなたがゐてほしい黄門さまを見ててもいいから
朝ごとに夫の服にて知る気温耳搔き一杯のさびしさに会ふ

引用の一首目は『旧約聖書』「伝道の書」であるが、原文には「……」は無い。信仰の立場からすれば、病もまた神から与えられたものなのだが、即座にそれを受け入れることができるはずはない。その心の揺れを「……」とするほかはなかったのだろう。二首めは、これはシーツの上で指を動かしているのだろう。歌集の前半に「五線譜の線見え難く退き際と覚えて今朝のオルガンを弾く」があり、ある時期まで日曜日の礼拝でオルガンを弾いていたことがわかる。何かをしていないと耐えられない。そんなときに指が動いているのだ。

病床の孤独感は、明るい勧善懲悪の「黄門さま」によって、なお深く感じられてくる。見舞う人の伴う外気は、外気に触れることができないことをあらためて意識させる。さびしさは自身のものであり、夫のものでもある。それが「耳掻き一杯」なのかどうか。過小に言うことで、なお滲んでくるさびしさがある。

山下さんの作品を、何度も読み返して思うのは、まっすぐであるということ。素直であるということ。捩じれてもまっすぐに伸びあがる。そんな印象がある。怒りや苛立ちを歌っても、後味は悪くない。

けれどなんと良い風でせう〈鷲のごと翼をはりて〉天にのぼらむ

（引用は『旧約聖書』「イザヤ書」から）

いろいろあったけれど、それは地上のこと。さまざまな確執は、地上に置いて良い風の吹くところへ行ってしまったのか。それでも、地上には作品が遺されている。作品を読むことによって、山下れいこさんに再会することができる。作品は未知の読者に出会う可能性がある。そんなふうにして言葉というものは、時空を超えるものなのだが、逆に言えば、読むということによって、地上の私たちは時空を超えることができるということでもある。

思えば『旧約聖書』の言葉が、時空を超えて山下さんを元気づけ、支えたということ自体が、奇跡のようなことであった。そんなことにも気付かされるのである。

あとがき

二〇一六年八月に妻・玲子を亡くしてから、早いもので三年二ヶ月の歳月が流れました。

二〇〇五年にくるみ保育園を退職後、多くの時間を歌を詠むことに充て、「塔」はもとより「にぎたづ」「２０３８短歌会」など多くの短歌仲間の皆様と過ごす時間を何よりも大切にしているようでした。そろそろ歌を纏めたいという思いを持っていたようでしたが、その思いを叶える前に天に召されました。

跋文をいただきました真中朋久氏から、歌集名『鷲のごと翼をはりて』のご提案があったと伺い、旧約聖書イザヤ書を開きました。「主に望みをおく人は新たな力を得、鷲のように翼を張って上る。走っても弱ることなく、歩いても疲れない」とありました。

1812号室のとらはれびとは誰(たれ)ならむ　あたたかさうなりこの世の出口

病とたたかいながらどんな思いでこの歌を詠んだのかと胸が詰まりますが、この歌集名をいただいたことで私たち家族は慰められるとともに、玲子も感謝し喜んでくれていると思います。

お忙しい中、前歌集『水たまりは夏』に続き跋文をいただきました真中朋久様、また長年、ご指導くださり、出版に際しお言葉を頂戴しました永田和宏様に心より感謝申し上げます。

また当人が居ないなか、出版のためにご尽力いただきました青磁社の永田淳様、出版準備に入れるようにと、千首にも及ぶ歌をデータに起こしてくださいました愛媛歌人クラブ会長の川又和志様、歌集を出すことについて励まし続けてくださった大野景子様に厚く御礼申し上げます。前歌集に続き装幀を花山周子様に手がけていただきました、記して感謝申し上げます。

結婚した年に議員となり、玲子には四十年間、議員の妻として大変な思いをさせました。

電柱にも頭を下げて歩くことが候補者の妻の心得の一

腰低く頭も低く暮し来てたうたうわたしは猫背になりぬ

二〇一二年に議員の妻を引退してからは、歌を中心に生きることを楽しみ、もっとうまくなりたいと懸命に歌に向き合っておりました。その時間を長く持てなかったことが心残りだったろうと思いますが、皆様にお力添えをいただき歌集を出版できる運びとなったことを誰よりも喜んでいると思います。

もう十分生きたでせうと首筋に触るる桜に朝日のにほふ

二〇一九年十月

佐伯　強

塔21世紀叢書第359篇

歌集 鷲のごと翼をはりて

初版発行日 二〇二〇年二月二十二日

著 者 山下れいこ
東温市見奈良一一五三ケアハウス幸楽六〇二（〒七九一－〇二一一）
佐伯 強（遺族）

定 価 二五〇〇円

発行者 永田 淳

発行所 青磁社
京都市北区上賀茂豊田町四〇－一（〒六〇三－八〇四五）
電話 〇七五－七〇五－二八三八
振替 〇〇九四〇－二－一二四二二四
http://www3.osk.3web.ne.jp/~seijisya/

装 幀 花山周子

印刷・製本 創栄図書印刷

ISBN978-4-86198-455-6 C0092 ¥2500E